夏仕舞い

青山晴江詩集

コールサック社

詩集　夏仕舞い

目次

I

II

Ⅲ

詩集

夏仕舞い

青山晴江

I

待合室

プラットホームの待合室に
ひとり少年が座っている
ガラス窓が北風に揺れて
カタカタと乾いた音をたてた

東北本線の古びた駅
とっぷりと日が暮れて
レール向こうに見える灯りは
ポツンポツンと数えるほどだ

ゆっくりと列車が停まり
開閉のドアボタンを押して
乗客が降りる
若い車掌さんもホームに降りて
切符を拝見する

待合室で
マフラーに顔をうずめて
少年は本を読んでいる
本のなかはどんな世界が
あるのだろう

蛍光灯の映るガラス窓
その窓の外に
これから少年は

どんな世の中を
見ていくことになるのだろう
人気の少ない四両の列車が
静かに走り始める

雪

吹雪いている
まっ白に
街を覆って
街は凍えている

降り積もる
まっ白に
なにもかも
埋め尽くして

この
白さが
覆い隠したものを
あした
見なければならぬ

ひと晩の雪の原を
生ぬるい都会の太陽が
崩すだろうから

そのとき
見え始めるものを

凍えている
わたしたちの

未来

それでも　なお
泥のはねた道端に
溶けた雪の
重みの下
小さな草の花が
顔を上げているのを

つましい希み

住むひとのいない
団地の庭に
桜の花びらが舞い落ちる
ひび割れたコンクリート
配管パイプがむき出しの黒ずんだ壁
がらんとした部屋の向こう側にも
廃墟の四角い建物が連なり見える

残された庭に草の花が咲いている
紅紫の花をつけ伸び広がるカラスノエンドウ

群れ咲く白い花にら、白いあやめ
タンポポ、黄色のフリージア
姫りんごとつつじも満開なのに
丹精こめて育てた人々は
どこに消えたろう

ここにあった何十年もの暮らし
田んぼの風景が消えて、建ち並ぶ団地に変わり
新しい学校、にぎやかな商店街
「いってらっしゃい」　洗濯物が翻り
「おかえり」　灯りがついて夕餉の香りが風に乗った

月日が重なり過ぎていく
変容の歳月
使う物、食べるもの、見えるもの

いつのまにか流されるように変わっていった
商店も学校も閉じられ
老いた家族は遠い高層の建物へ散っていった

何に追い立てられて過ごしてきたろう
あふれる物の間で
つましい希みから遠いところで
道標を見失っている

南米ウルグアイのムヒカさん
「世界で一番貧しい大統領」と言われた
その人がきのう来日して語った
――人類や世界はどこへ向かっているのか
――私たちは幸せに生きているのだろうか

変わらずにあるものはなんだろう
変えてはならないものはなんだろう
廃墟の団地の誰もいない庭
春の光がうすく届く片隅に
すずらん水仙の白い花が
小さく小さくゆれていた

夏仕舞い

風が吹いてくる
夏の終わりの匂いがする
道の端にセミが死んでいる
うすい透き通る羽を閉じて

書きかけの手紙が
終わらないまま
水色の便箋が
少しずつ色褪せていく

わすれないで
あのことを忘れないで
これを思い出して
二度とないように
ずっと語り継いで…

胸がいっぱいになる夏が
また往こうとする

ギラギラの
灼けつくような陽が
かすかに陰る

風が吹いてくる
夏仕舞いの

遠いあの日に

くたびれた人工皮革の椅子
小さな羽虫が止まってる
夏の陽射しがようやく弱まった下町の夕暮れ
駅の喫茶室　嗄《かす》れ声が聞こえてる

――でね　あのひとのときは
ズボンと上着を入れてあげたのよ
――おばあさんには着物ね
おこし二つ　自分にもらったよ　あたし

おこしとは腰巻のことらしい
見送った家族　棺桶に入れたもの
年寄りふたり　相槌をうちながら
ソーダ水をすすっている
しわに浮かぶ粉おしろい
店内に流れるアコーディオン

古いイタリア映画にも　こんな曲が流れていたっけ
川のほとり　祭りの夜　老いた村人たちが椅子に座り
活動家の青年が警察に連れて行かれ　沈黙がながれ
祭りの風船が風に揺れて　川は変わらずに流れていて
アコーディオンがふたたび　もの哀しく…

――泣くんだよね　上向いて
きっと　そばにいるんだろうね

——そばにいるよ

とぎれとぎれに聞こえる
積み重なった地層のような歳月から
ふいに甦り　交差する記憶たち

なにを入れたろう　わたしは
遠いあの日
あのひとの柩に

消えた遊園地

やがて
だれも思い出さなくなるだろう
ここにあった
小さな遊園地

秋の夕暮れに
おれんじ色の電燈が
ぽぉっと浮かんでいた
かわいいメリーゴーランド
もう　明かりを灯さない

風に揺れる一枚の張り紙
「地主の上野公園より、(快適な動物園にするための公園整備事業のため) 使用許可がおりませんでした。残念ですが、二〇一六年八月三十一日で閉園いたします。五十年間、ありがとうございました。」

そばに置かれたノートには
かつて訪れた人びとの
思い出や閉園を惜しむ声が
びっしりと書かれていた

アイスクリームの店
饅頭や土産物の露天商

古びた椅子を並べたピザ屋
付近にあった小さな店もみな消えた
代わりに
アメリカのカフェチェーン店
大きな屋根の新しい建物で

木も切り倒された
森の整備
どこに追われたろうか
家のない人たち
ブルーシートのテントを
こんもりと林が庇っていたが
今はスカンと見通しよくて

〈オリンピックに向けて

美しい整備された上野公園を〉

それで
いつもどこかが工事中
座れる場所も少なくなって
猫たちもどこに行ってしまったのか

春　ヒヨドリが高く啼く
ぴぃーよ　ぴぃーよ
ついばむ桜の老木の根元
立ち入り禁止のロープの中に
遊園地の名残のコンクリート

くるりと回る
レールの輪の上で

遊具の汽車から振っていた
たくさんの幼い手
こぼれる笑い…

やがて
だれも思い出さなくなるだろう
ふいに消えてしまった
動物園前の
ちいさな　あの遊園地

更地

あとかたもなく
更地になった
その土に残る
わずかな暮らしの断片
鈍色に光る陶器のかけら
ねじれて錆びた留め金の先

駅へいく道
むかしの農家
主が亡くなって

売られた家

りっぱな松も八重桜も
いつも見ていた二本の柘榴の木も
ショベルカーで倒された

母屋も犬小屋も
取り壊されて
晒されて
不在の空洞になった

ここの記憶の残像も
そのうち
だれひとり思い出さなくなるだろう

冷たい雨の降る夕暮れ
墓標のように
「関根丑松」の門柱が
ただひとつ残っていた

浮遊空間

塞がれて　聞こえない耳で
蓋われて　見えない眼をして
つかみどころのない
白い空洞を浮遊している

はたして
どれほどの自由が残されているのか
得体の知れないＩＴ巨大児が
日常を呑みこんでいく

日照りがつづいて
ゆらめく太陽に眩みながら
涸渇していく　心

ナンデナンダ
ナンデナンダ

波が寄せて引いていった
その一瞬のあわいに消された
砂の上の足跡
六人　そして　七人
残された謎は　いつものように
闇に沈んでいった

見上げる空を渡って行く

怪鳥の爆音
「繰り返しませぬから」と
刻んだのはいつのことだったか
死者たちは眠れない

潤うことのない
濁流だけが大地を走る
そして　また炎天

鈍く光る監視レンズ
二進法の電磁波に囲まれて
町は閉じられた半球体
丸く曲がった天井から
無関心と嘲笑がはね返ってくる

窓はどこにあるのだろう

小さな塵となって
浮遊しながら探す
かすかな　風の通り道
風の向こうに届くだろうか

うだる夏の記憶を留めて
ひとすじの線をひく

辿りつけない

いくら　歩いても
歩いているつもりなのだが
辿りつけない
人工ライトが明るすぎて
白い反射の影になり
見たいものが　視えない

曲がりくねった連絡通路の
この先に
乗り換え駅があるはずなのだが

あと　どれほどで着くのか
人びとは　カツカツと
足早に通り過ぎる

知っている　この地下道　むかし母と歩いた　六十年ほど前まで小さな店が両側に並んでた　おでん・お酒・ふかし芋・握り飯道の中ほどに「浮浪者」がうずくまっていた　むわっとした食べ物とひとのにおいがした　店先に裸電球がぶら下がり　おれんじ色に照らしてた　いつのまにかなくなった　どこへ追われていったのか

熱に火照るからだで
懸命に進むのだが

私の体の磁場は過去に引かれて
現の風景が薄れていくようだ

肩から荷がずり落ちる
配り残した集会ちらしがずっしり
両手にぶら下げた袋も
ふらふら足にぶつかる

あと　どれほど歩いたら
視えてくるのか
雲海のような
ＬＥＤの光の洪水のなかで
昇り　あるいは降りて
なんのにおいもしない
のっぺらぼうの壁をつたって

あと
どれほどの
不確かさを
歩かねばならないのか
足の裏に
土と緑を踏めるまで

じんしん

あさ　ここで
だれかが　しんだ
よるふかく
そのせんろのうえを
カタコトでんしゃがはしる
まどのそとには
しかくいビルの
ろうかのあかりが
つづくばかり
あさ　ここにいた　だれか

もう　いない

名前も顔も知らない　知らされない誰か　たくさんの誰か　空中に飛び散った血しぶき　そのずっと前に追い詰められ　砕け散った心　あなたが死んだのはなぜか　生きていられないほどにあなたを追い詰めたものはなにか　毎日どこかで走り迫る電車に我が身を投げる　たくさんのたくさんの誰か　人身…

おおみそかの　あさ
また　だれかがしんだ
でんしゃのなかで
ひとびとは――わたしも
とけいばかりみて
ケイタイばかりみて

じぶんのために
ためいきをつく
ふゆのそらは
どんよりと　おもい

あさ　ここにいた　だれか
もう　いない

燕飛ぶ空 ――コロナ禍の街で――

息をひそめている
街は不機嫌に黙り込んでいる
漠然とした不安があたりを包み
乗客の姿の見えない電車が
遠く鉄橋をガラガラと渡っていく

九年前降り注いだのは　放射能
いま散らばり増殖しているのは
新型コロナウイルス
どこか似ている

見えない、匂わない、微小
隠蔽される、分断される
差別と貧困を生む
困難なところにいる人に
いつまでも届かないこの国の政策……

裂け目の入った日常に
疲れた心で河の堤を行けば
すでに季節は移り　新緑の空を
鋭い直線で高く低く　飛ぶ影がある
燕だ

農家の軒下の巣から
風を切るようにして飛んでいく
燕よ

この春
その翼の下に広がるのは
人間たちの
コロナ禍の街です

Ⅱ

静かな光

開いた詩集の上を
風が渡った
小枝をくぐって光がとどく
風が　やわらかに
イチョウの影をゆらした
光は強く弱く　瞬時に色を変えた

もう　これでじゅうぶんだった

窓の外には　池を覆って

ハスの葉が緑鮮やかに広がっていた
日傘を傾けてゆっくり歩む人たち
幼い子どもがかけていく
揺れるブランコ

もう　なにも起こってはならない
なにも壊されてはならなかった
銃弾の破片で血まみれになるなんて
劣化ウラン弾が子どもの体内で破裂するなんて
放射能が霧のように降り注いだ大地
揺れる列島でなお次々原発に火をつけるなんて

窓ガラスにとまった
小さな虫の影が
詩の余白の上をそっとうごく

静かな光
やわらかな風

もう　このままでじゅうぶんだった

この明るさのままで
こどもたちに
手渡したかった

母のうわごと

あぶないね
あぶない　あぶない
きをつけなくちゃね

病床で繰り返していた
母のうわごと

なにかある
わからないのが
なにかある

それから十日後でした
大地震と大津波と
福島原発からの大放射能が
東日本を覆ったのは

あぶないから
やめてよ
やらないほうがいいのに

何千年何億年と消えない　死の粒子
作っても　直せない原子炉
捨てられない　捨て場もない　核燃料ゴミ
それでも　まだ使う　まだ作る

くるしいです
あぶない
あぶない
あぶないわ

あの日から

静かな朝
光はあふれ
こぶしの花が咲き
窓の外の空は青い
ラジオをつけると
スメタナのバイオリンが流れた

何も変わってないように見える

冷凍しておいたシチューを

温めながら気づく
作ったのは
あの日よりも前
野菜も水も健やかだった
ふつうに暮らせた日々
どこに消えたのか

あの日　たわんでひずみ
めくれあがって吹き飛んだ
「安心安全」の虚ろなベール

地は揺れ
空と海に広がり続ける
放射能
油断した私の手から

これからの命に
降りそそぎ続ける放射能

あの日から

＊あの日…二〇一一年三月十一日東日本大震災。続いて福島第一原発メルトダウン、爆発事故発生。

目をあけて

朝
うすぼんやりと目覚めるとき
目をつむったままでいる
何も起こらなかったのだと
すこし　思いたくて

もしかしたら　父も母もあの人も　まだ達者で　階段を下りて
いくと　おはようと声がして　だれかが点けたストーヴで　部
屋はもう暖かくて　窓にはうっすら　白い湯気の膜がついてい

たりして…

目をつむったままでいる
そして考えている

もしかしたら　見たり聞いたりしたことは　みんな夢の中のこ
とで　ぼろぼろに破れた海辺の家々もなくて　原子炉のばくは
つなんて怖いこともなくて　まだ間に合って　稲穂がひとへの
労わりのように黄金に輝いて　牛がモゥと啼いておいしい草を
食み　魚がピチピチと波間にはねて　健やかないのちの営みが
約束されている
もしかしたら　前と同じように…

あぁ　だめだ
目を開けなくては

しずかに目をあけると
冷えた部屋の
カーテンの隙間から
朝の光が射し込んでいた

フクシマの声　――霞が関で――

真昼の官庁街
慣れない手つきで
福島の女たちはマイクを握った

郡山から来ました
子供と家の中にいて　夏も窓も開けずクーラーもつけられずに
過ごすのです
みなさん　わかりますか　この息苦しさを

富岡から避難しました

伊達に残る友人はもうからだじゅう炎症で赤く　だるく　でも病院で　放射能の影響ではと言いかけると途端に医者が不機嫌になるので　言えないのです　自分の体を　証拠として歴史に残すだから逃げないと彼女は言ってます

話しながら　聞きながら
女たちは泣かずにいられない

浪江町です　何も知らされず放射線量の高い方へ避難しました
雨の中　一つだけ開いている店の前で　何時間も並びました　水も食べ物も足りませんでした　道路は通れたのに放射能を恐れて
トラックが入りませんでした　私たちは国に東電にマスコミに棄てられたのです

葛尾村の山のふもとで畑をして　つましく一人暮らしてました

もう帰れません　仮設で一人でいると　死ぬことばかり思います
今日東京に来たのは　福島の本当のことを知って欲しいからです　忘れないでください　見捨てないでください　フクシマを忘れないでください

五月五日　こどもの日
日本で運転されている原発はゼロとなった*
六月十六日　父の日前日
地震国　日本の野田政権は
福井県大飯原発の再稼働を正式決定した

*二〇一二年五月五日北海道電力の泊原発3号機が定期検査のため発電を停止。国内五十基の全ての原発が稼働停止となった。

人の災い

――映像ドキュメント『東電テレビ会議　49時間の記録』を観て――

列車の窓から見える
どこまでも続く電線、林立する鉄塔
電線の糸に絡めとられて
家々は小さく並んでいる
あの線を辿って行ったら
原子力発電所に着くのだろうか

「燃料棒がむき出しです」「溶解まであと二時間です」「大変です！　3号機も爆発しました。」福島第一原発爆発のとき現場では資材、バッテリー、水、食料、現金が底をつき、超高線量の放射性物質が噴出、社員・作業員も離れていった。そのとき東電本社では、えらい肩書をもつ面々がテレビ会議で次々と言う。「もう穴あいてるの？」「官邸・メディア対策どうする？」「福島県から健康に影響ないと発表してくれと要請きてるよ。」「消防車4台ではなく、向かっているのは消防士4人の間違いだった」「〜ということになるのでしたら準備する」「再度要請する」「検討する」…作業員の車から集めたバッテリーも少なくなり、再びの爆発へと緊張感が走る。自衛隊もヘリコプター会社も放射性物質を恐れて来ない。…「吉田くん*、オフサイトセンターにいま現金を相当持って向かっているから」「いまこそみんな東電精神でがんばろう」「吉田、早くやってよ！　しっかりやってくれ！」

空恐ろしい
人の災いのもとに
暮らしていた

暮らしている
この無法地帯に縦横に張り巡らされた
私たちを絡めとろうとする糸を
どこで断ち切る?

*吉田昌郎　福島第一原発元所長。
事故当時収束作業を指揮。二〇一三年七月死去。

二つの海辺で　――原発の再び動く日に――

浜ごぼうの草が広く根を張る砂浜
海亀が涙を流しながら産んだ卵
　今はとても少なくなって
長いこと海亀を見守ってきた男性が嘆く
原発温排水の流される海
マグロも近くで回遊路を変えるという
取水管に付く貝類を殺すため
投入される一日3トンの化学物質の毒
この海は
この海は　だれのものでもないはずなのに

灼熱の風がようやく涼み
ゆらゆら　ゆらゆらと
甑《こしき》島の向こうに
大きな夕陽が沈んでいく
黄金色に染まる神秘的な空と海
誰もが身動きもせずに見入ってる

鹿児島川内原発の敷地に隣り合う
久見崎の浜辺
明日から再び
原発が動かされてしまう
　もう子どもを連れてここには来れません
女性が肩を落としてつぶやく
子どもたちの
小さな指の間から陽の光が漏れる

この子たちの未来に残せるものは…
２０１５年８月10日
日本の稼働原発ゼロの日
最後の夕陽が落ちていく

＊

音海《おとみ》という美しい名の小さな村
夏には淡いラムネ瓶のように輝いていた水面
今日　みぞれ交じりの雨降りそそぎ
冬の海は鈍色
若狭の海岸線のずっと奥
暗い屋根を寄せるようにして建つ家々
原発はすぐそこにある

危ないかもというのは、わかってはいるんだけどなぁ
他に仕事がないんや
私らは声に出して言うことはできんのです
福島と違って関西電力は事故は起こさない

大丈夫と呪文のように言い聞かせ
暮らす日々
小さな村はその日ひっそりと
戸を閉ざしていた

２０１６年2月26日午後
モスグリーンの丸い屋根の辺りに
何やら白い煙を出して
高浜原発４号機にスイッチが入る

先に再稼働された3号機と隣り合って
ＭＯＸ燃料のプルサーマル発電
古い原子炉に危ない燃料
核廃棄物の行き場もないはずなのに

一本道のトンネル脇にある原発ゲート
山の斜面に野生の猿たちが
ときおり現れて走る
人間の愚かさの巻き添えに
どれほどの生き物が傷つくのか
立ち尽くす人々に
みぞれ交じりの雨降りそそぐ

再稼働の夕刻
雨雲さらに暗く覆い土砂降りに

人間のこの暗愚を
天も嘆いている

すぐ目の前に聳える
高浜原発4基
そこにいるだけで感じる恐怖
暮らすのは
心に不安を持ちながら
地元に暮らすのは
しんどいことでしょう

音海という美しい名の小さな村
いつか
むかしの豊かさが
甦る日を

佐田岬の村

夏の陽を浴びて
おびただしい蔦の葉が
小さな廃屋を覆っていた
台所の壊れた出窓から
眺められる居間は
永遠に来ない俳優を待つ
舞台のようだった

蔦の葉は室内にも伸びて
積み上げられた畳を

一面の緑の山にしていた
差し込む光はそこで沈黙し
なにか　ふたしかな気配が
忘れ去られることを拒んでいた

湿った匂い　湿った風
ほこりの中に何があるのか
他人の家なのに
他人のものでない記憶

転がった鍋、草刈り鎌、もう聞こえない
「おはよう」の声、子どもの学習帳、着
古した浴衣、かまどに燃える薪の煙、横
切る猫の忍び足、黒縁の写真、もう呼ば
れることもない名前…

この小さな村にも
否応なしに訪れた戦争の悲しみが
影を落としたことだろう
中央構造線に沿って四〇キロメートル
細長い岬の付け根の村には
いま再び動き出した伊方原子力発電所
巨大なものの影で
語られることなく
消え失せ朽ち果てていくもの

打ち棄てられ
むき出しに晒されていく姿を
蔦の葉がそっとつつみ込む

石段の路地から眺める海は青く
夏の陽を照り返す波が
遠く小さく揺れていた

規制委の窓に映るのは

総ガラス張りの瀟洒な造り
六本木ファーストビル
鏡のような窓に陽が反射する
賃料　毎月四千四百万円
借り主は
原子力規制委員会
今日　またひとつ
老朽原発の二十年延長を決めた*

揺れる列島で次々に原子炉再稼働

私たちが経験しているフクシマを
知らないとでも言うように……
見上げながら
思いは原発立地の地にかえっていく

オホーツクの風に舞う雪にまみれて
温排水が流れ込む港の水温を　毎日四十年以上
防波堤に腹ばいになって計っている泊原発岩内町のSさん。
鹿児島川内原発の浜辺のテントから
「いま台風で揺れてます。でも大丈夫。」発信したNさん
海亀を守り、千葉から移住してもう何年も。
愛媛の細長い佐田岬の付け根にある伊方原発
瀬戸内の海風が吹き上げるゲート前に毎月十一日
先人の遺志を継ぎ集まり続ける八幡浜の女性たち。
福井の若狭の町や村を　赤い反原発の旗を掲げながら

家々に手紙を入れ　行き会う人々に話しかけ
病後のからだを酷使して
「地震は止められないが人間は原発を止めることができます」
と歩き続けるKさん。
みな七、八十代で。

「危ないいちゅうのは　わかっちょるんだが…」
逃げられない、声に出せないと低く呟いた
原発の村の路地に住む　老いた夫婦の姿が浮かんで映る
巨大な利権集団の
都心一等地、高層ビルの窓ガラスに

＊原子力規制委員会は二〇一八年十一月七日、四十年運転の東海第二原発の二十年延長を認可した。

春遠く

夜が明けはじめる
昨日のような今日が
訪れる――　としても
昨日のような明日は
どれほど望めるのでしょう

誰のものでもない海
森　大地　生きものたちへ
狂気が降りそそぐ

鳥も食べない柿の実が人の帰れぬ村の片隅で冷たい秋雨に

打たれていた　取り残された仮設の小さな部屋から通夜の
線香の煙が流れていた　新聞の文字は「生」よりも「死」
が多くなり、「工事強行、サンゴ礁破壊」「海外武力行使法」
「全核燃料溶融を確認」…

あっさりと10文字ほどの
見出しが伝える空恐ろしいもの
この世に残していくのでしょうか

あの日から
五度目の桜が
咲きはじめようとしている
望みはゼロではない――　としても

春遠く

かなぶん

夜の電車の
かたすみに
ひっくり返って
つぶれている
一匹のかなぶん

どうしてあげられるだろう
やわらかな土も
透明な水もなくて

昼間　陽を浴びて
樹液で喉を潤しただろうか
走る電車の
ＬＥＤの妖しい青い光に
飛び込んでしまって

同じ行き先
どこにたどり着くのか
うすうす感じているのに
だれも口にしない
わたしたちの未来

かなぶんに
小さな土饅頭を
作ってあげたいのだが

見わたしても
コンクリートが広がるばかり

風景はすでに
いのちの埋葬すらも
拒絶している

微小なプラスチックが混じる水と
――地球にはもう　この水しかなくて
霧のように降り注いだ放射能
――曝されるほかなかった　草の花と

手向けられるのは
それしかないが
許しておくれ

かなぶんよ

Ⅲ

まだ見ぬ島へ

一人の女性の話を聞いた

海上保安庁の巡視船やゴムボートが続々と集まり海を覆いつくさんばかりです。１９４５年の米軍上陸時の軍艦のようにびっしりと。ヘリコプターや低空飛行の米軍機も飛び交い、もう戦場のようです。

沖縄の辺野古の海が奪われようとしている
8月17日力ずくで沖縄防衛庁は海底掘削に着手した

住民の人たちは少ない人数でずっと座り込み、海上では
ボートで抵抗し…私はこうして皆さんに話していても、
今ごろ悪天候の海上で、みんながどんな妨害を受けてい
るかと思うと自分はいったい今日この東京に来て、何を
しているのかと思ったりしてしまうのです。

新聞もテレビもほとんど知らせない
沖縄で起きていることを伝えなくては
彼女――沖縄記録映画「標的の村」監督・三上智恵さんは
日焼けした顔でまっすぐ言った

本土の人たち一人でも多く来てください。
沖縄に押し付けてきたものを見てください。

明日、初めて沖縄へ飛ぶ

キャンプ・シュワブのゲート前集会
辺野古の海はどんな風穴をわたしに開けるだろう
はたしてわたしは
どこまでそれに耐えられるだろう

辺野古の茉莉花《まつりか》

巨大なクレーン車が
砕石袋を吊っては投げ込んでいく
誰も望まぬ軍用機の滑走路を造るために
辺野古ブルーの海は透明に揺れて
浜珊瑚と小さな魚影も揺れて
無抵抗の生き物たちに向かう破壊暴力
どれほど生きられる?

虹色の旗を掲げた抗議船を
海上保安庁が追ってくる

カヌーを漕ぐ人たちにも寄っていく
オレンジ色のフロートで囲われた先は
米軍キャンプ・シュワブ基地

遠い島のことなのだろうか　「どうぞ沖縄を好きなよ
うにお使いください」とアメリカに差し出し六十七年
平穏に過ごしたわが暮らし　気が付けばオスプレイが
あちらこちら上空を飛んで　日本すべてが標的の島

基地の脇の町
のら猫が横切るさびれた飲み屋街
ハワイ　夢　ロマン　テキサス……
潮風と年月に傷んだ看板　閉じられた窓の埃
ベトナムへ中東へ　攻撃に飛んだ米兵たちの夜

基地ゲート前　埋立ての資材搬入トラックを止めよう
座り込む市民たち　炎天下　県警との攻防が続く
年老いた市民たちを取り囲むのは機動隊の若者たち
「命令されて仕事をしても　沖縄の心だけは忘れちゃ
いかん」地元のおじいやおばあの言葉にうるむ目元
四人に一人が死んだ激戦地の沖縄を生き抜いた人々
爆撃と火炎放射器の傷痕を体中に残し　心に残し　今
語りかける　腕をつかむ機動隊に「戦争はいかん」と
戦争になればこの若者たちから送られる
核弾頭が炸裂する戦場に

海辺に咲く白い花　茉莉花――まつりか
強大な権力が襲いかかるこの地に
薫り高く　清々しく　顔をあげて

遠い島のこと　なのでしょうか

八月十五日　四郎伯父さんへ

伯父さん
戦死した四郎伯父さん
八月十五日です
丸木美術館の野木庵で反戦朗読会をしています

会ったことのない伯父さん
壁に貼られた数百の兵隊写真
もしかしたら　その中のひとりは
伯父さんではないでしょうか

「東京市台東区　改製原戸籍」に残された記載
昭和十九年六月十八日中華民国河北省平谷県
馬各荘に於いて戦死　東部第四十一部隊長報告
　同年九月八日受付

聞いてもいいですか
伯父さん
中国のひとを殺しましたか
女のひとに乱暴をして辱しめましたか
日本軍の暴虐のつぐないに
わたしは何をしたらいいでしょう　伯父さん

たくさんの遺体
中国の　朝鮮の　日本の　その他の
数多の人びとの死体の一つとなって

目を閉じた四郎伯父さん
最期に見たのは青空ですか　闇夜ですか
最期に心をよぎったのは
生まれたばかりの息子と妻のことですか

敗戦から七十年
あなたやたくさんのひとの死を凌辱するかのように
ふたたび日本は
戦前と同じ権力下で　天皇制のもと
戦争へ向かおうとしています

八月十五日
傍らを流れる都幾川に
夏の光が反射しています

荒れた畑

なすびも枝豆も
ぼうぼうと伸びた草に
埋まりかけている
腰をかばいながら
丹念に育てていた
Tさんの姿が見えない
もうひと月あまり

蔓を這わせた柵の下に
肥大したキュウリが

いくつも転がっていた
つや失せて黄色く膨れて

八月
戦の記憶が
ぼうぼうと
忘却の彼方から還ってくる
転がった遺体
日本軍に撃たれ　凌辱され
畑に転がった中国の　朝鮮の　アジアの
米軍に追われ　焼かれ　ガマで自爆した沖縄の
焼夷弾がばらばらと落ち　真っ赤に燃え尽きた町の
核爆発の閃光下　一瞬にして黒焦げ　砕けたいのち

手を差し伸べられることのない

小さな　闇の中の記憶たちが
生い茂った夏草の中で
浅く　息をしている

荒れた夏の畑の
枯れていく作物たちが
教えてくれたことだ

記憶

新宿で映画を見た
武蔵野館だった
館内は空いていて
偶然　知り合いに会った

そこまでは
思い出せる
交わした挨拶の言葉まで
思い出せる

しかし
映画が何だったのか
どんな内容だったのか
さっぱり
思い出せない

いい映画だったような
何か歴史上の映画だったような

しかし
ひとつの場面さえ
浮かんでこないのだった

こんなことが
あり得るのだ

真っ白に
消去されてしまった
記憶のファイル

その夜　ふと
新聞の映画評欄を思い出した
——白黒の写真　父親が書くはがき
　一人息子が戦死　ヒトラーへ　そうだ

ファイルの扉が開き
ばらばらとこぼれ落ちてきた
記憶のかけら
つながれた回路

映画は
「ヒトラーへの２８５枚の葉書」
ベルリンの街角に次々と置かれる
ナチスを批判するはがき
――総統は息子を殺した
　あなたの息子も殺されるだろう
　ヒトラー政権で平和は訪れない
　自分を信じろ　政権や報道を信じるな
　戦争マシンを止めろ！　目覚めよ！

息子を戦場で失った初老の夫婦
庶民の実話の物語
――本当に思ったことを書いただけです
そう言って
静かに処刑台に消えた二人

思い出せた安堵と
思い出した映画の語りかける
今を問う重さが
混ざりあっていた

散るべきは

晩秋の夜更け
遅い夕飯に
鹿児島知覧の近くから届いた
かぼちゃを食べていた
なにげなくつけたテレビ*

白黒の映像は
今まさに飛び立とうとしている
古びた小さな飛行機を映し出していた

出撃前夜、上原良司は記した
「明日は自由主義者が一人この世から去っていきます」
帰郷したとき妹にそっと語ったそうだ
「靖国には行かない　俺は天国にいくよ」

七四年前のモノクロームの空へ
特攻機が消えていく

戦果無し、とわかってからも
軍部は特攻の方針を変えなかった
銃後の民衆を鼓舞するために
使われた若者たちの死

遠い過去と思っていた日が先回りして
かぼちゃを食べているわたしの居間にも

爆風が吹き　火薬のにおいがしてきそうだ
多額の税金でアメリカから戦闘機を買い
おともだちと桜の花を愛でている
アベ首相よ
散るべきは
あなたではないでしょうか

＊ＮＨＫ歴史秘話ヒストリア「特攻　なぜ若者は飛び立ったのか」

海の底から

反戦歌のように思い込んでいた
始めのことばだけ目にして
波間に浮かぶ　夥しいかばね
戦死者への哀歌かと

　海ゆかば　水漬く屍

七十七年の歳月を経て
ソロモン沖の海底千メートル
二つに割れた船体が発見された*

逆さまに沈んだ戦艦「比叡」
数多の若者の人生も
ぷつんと途切れたまま
海に漬かっている

山ゆかば　草生す屍

知っていたのは　ここまで
いまになって　やっと
そのあとを　理解した

大君の
辺にこそ死なめ
かへりみはせじ

まもなく　元号が
変えられようとしている
すべてをまき込んで
棄てたものなど
かえりみようともせずに

沈んだ船の錆びた鉄片
暗い海底にひきずりこまれた
ゆがんだ骨たちは
なんと言うだろう

＊二〇一九年一月ガダルカナル島沖でアメリカ調査船により発見された。

新宿西口地下広場

土曜日の夕暮れに
立つひとがいる
手に持つ紙に書いてある
——原発はいりません

ほかの柱にも立っている
——沖縄から基地をなくそう
手書きの絵を添えて
巻紙を垂らしている

もう少し離れたところにも
こちらにも　あちらにも
——憲法を守ろう
——秘密保護法撤廃

急ぎ足で通り過ぎる人々は
それでも　ちらちらと見てくれる

一九六九年ここの広場で
フォークゲリラが歌い数千人が集った
高校生だった私も歌った
〈友よ　この闇の向こうには
友よ　輝く明日がある〉
輝くはずだった明日は
今日のような現実を迎えている

かつてのフォークの女性が
二〇〇三年イラク戦争への反戦意思表示
再び広場に立ち始めてそれからずっと
諦めずに毎週土曜日
ひとりひとりの意思表示
六十を越えた私も
広告塔の柱を背に
そっと立つ
闇の向こうに
小さな灯りを置きたくて

渡れぬ橋

陽が傾いて
川面を照らす
赤く染まって流れる荒川
木根川橋の傍らを
京成電車が走る

九十年ほど前
この辺りをおびただしい血が染めた
　アイゴー　アイゴー
命乞いをする叫びが

風に乗って遠く聞こえたという

関東大震災直後の戒厳令　どこから流された流言か（不逞朝鮮人の襲撃　井戸に毒を入れる　婦女暴行…）　これらはかつて日本軍がかの地でしたことではなかったか　モノクロームの記録フィルムに映る血眼の町内自警団　逃げてきた幼い兄弟　弟は鳶口で足を切られ捕まり　兄は橋を渡りきれずに殺されたという　遺骨も不明なあまたの人々…

知らないでいて
何十年　知ろうともしないで
まいにち　電車に乗って
荒川を越えていた

ある日　夕暮れの土手で

呼ばれたような気がして
振り向くと
堤の下に小さな追悼碑があった
ほうせんかの花に囲まれて

　くりかえす？
　くりかえさない？

いま　再び　深い闇へ向かって
危うい橋が架かっている

目を凝らして
道しるべを探さなくては
歴史の暗がりに葬られた
地下に眠るひとびとが

指し示す方へ

花岡鉱山慰霊 ——鉱泥蒼き水底に——

ぷくぷく　水底から泡が上る
どれほどの死者の無念が沈められたのか
流し込まれた鉱滓の分厚いヘドロのその底に
中国人収容所「中山寮」、日々の埋葬地「鉢巻山」
蜂起して死体となって投げ込まれた「大穴」
どれもこのダム湖の底に隠されて

靴のないはだしの足が
ひたひた　よろよろ
鹿島組の工事現場へ追われ　異国の土を踏む

道端に捨てられたリンゴの芯に手を伸ばし
ひどく殴られその場で息絶えた仲間
自分の今日一日の命を危ぶまない者はなかった

遺族の孫の女性が泣きながら伝えた
祖父は、病から回復に向かったのに、仲間と
生きたまま焼かれて殺された　働けないからと…
故郷の村に帰れた人が教えてくれたのです

六月三十日の蜂起　収容所を脱出した八百人
なんとか獅子ケ森まで逃げてきた三百人を
憲兵隊・警察・自警団・鹿島組二万人が包囲
捕まり　二人ずつ後ろ手に縛られ
共楽館広場の砂利の上　炎天下に水も与えられず
石を投げられ　こん棒で殴られ　次々に倒れて…

ふるさとの風は
海を渡り　死者たちに届いたろうか
あと四十五日　日本の敗戦の日を見ることなく
連行され死なねばならなかった人々の頬に

一九四二年花岡鉱山抗道前の写真
銅鉱石の増産を叫んでいるのは商工大臣岸信介
いま再び　その孫が総理大臣となって叫んでいる
「平和のための戦争を！」

ぷくぷく　蒼き水底から泡が上る
死者たちの無念と怒りの泡が

真夏にぞくっとする話

長雨のあと
うだるような夏が来て
暑い　暑い
涼を求めて何しよう
新聞開いて拾い読み

「憲法裁判記録　八割超を廃棄」
いとも簡単に捨て去って
真理を闇に葬る独裁政権

そんな国に住んでいるんだ
背筋がひやっ！

「四十年超えの老朽原発再稼働　さらに二十年運転延長」
北海道で地震　九州で地震　東北関東中部近畿中国四国沖縄
日本列島ぜんぶ揺れ　地震多発のこの島に
フクシマ原発事故　いまだ続き終わりが見えない
核のゴミは十万年　それでもまだ原発に火をつける
危ないあぶない
そんな国に住んでいるんだ
背筋がぞくっ　寒い！

「核の価値　一段と上昇」
核軍縮に逆行していく大国　追従する安倍政権
核弾頭が世界に十四万個

地球はひとつ
狂気のヒト族のせいで
滅んでいく　数え切れないほどのいのちたち

壊して壊しつくして　あとどうするの
怪談どころではない
真夏の恐ろしい話は　まだお後が続く
ぞくぞくと怖い
ほんとうのおはなし

広告

網棚の上ぐるりと張り巡らされた
山手線車内のデジタル広告
次々と変わる液晶画面を
乗客は――わたしも
ぽかんと見ている

くるくる回る自動掃除機
出がけのおしゃれにドライヤー
「お疲れさま」と差し出されるコーヒー缶
大手建設会社のマイホーム

何度もいくども
くりかえされて
窓の景色も見ないで
動く液晶に視線は泳ぐ
ぽかんとして
何も考えないで

そう　何も考えさせないで
この国がかつて
あした負けるとわかっている戦に
若者を出兵させたこと
この国はいま
軍事化に走り　核武装のために
あした爆発するかもしれない原発を

それでも動かすこと

ひたすら明るい商品を
ひらひら差し出す
広告主の狙いは
消費者の懐か

いや　もう一つの眼が
デジタル画面の深部から
暗く覗き見ている
彼の
ターゲットは　すでに
わたしたちのいのち

まだ陽は残っている

隠された傷痕
渇きかわいて求めた
ひとしずくの水
遠いまま
川音だけが
意識の底に沈んで流れた
土を握ればにじむ
埋められたかなしみ

その土のかなしみのうえを

ふたたび濁流が襲う

流されつづけて
どこへいくのか
塞がれた耳
蓋われた瞼
ことばも掠れて
掠れたことばは消され
地図にない村のように
もどることはない

騒がしい偽りの連呼
溢れる物質
海原を漂う微小プラスチック
風に舞う放射能

星瞬く空を戦場にする「宇宙軍」
ヒトの暗愚の洪水に
絶滅していく生きものたち

それでも

蟬の鳴かない
夏の終わりの夕暮れに
ひとすじ　西陽が射し込み
道端の草の花を輝かせた

氾濫の原に
まだ
陽は残っている

解説　人間の暗愚と対峙して・青山さんの詩集

石川　逸子

忙しい日々のなかで、つい、見過ごしてしまうあれこれ。それは、明日、あるいは明後日、どかんとやってくる取り返しのつかない壊滅の予兆かもしれないのに。そのことを、わたしたちは２０１１年３・11で既に経験し、今コロナで思い知ったばかりのはずなのだが。

３・11から覚醒した青山さんの詩心は、幾年経っても、かすかな予兆、些細な不協和も見過ごさない。

その象徴ともいえる詩「かなぶん」。

「夜の電車の／かたすみに／ひっくり返って／つぶれている／一匹のかなぶん」に、詩人の目は留まる。なぜ、電車の中でつぶれているのか？　「走る電車の／ＬＥＤの妖しい青い光」に幻惑されたのか。助けようにも、電車の中では「やわらかな土も／透明な水も」ない、と思ううち、つぶれているかなぶんは、自分たち人間の未来と相似に見えてくる。せめて土饅頭を作ってあげたくても、「見わたしても／コンクリートが広がるばかり／／風景はすでに／いのちの埋葬すらも／拒絶している」。そう、地球には「微小なプラスチックが混じる水」「霧のように降り注いだ放射能」に曝されてしまった草花があるばかり。それらを手向けるしかできない人間の愚かさを、「許しておくれ」と、かなぶんに呼びかけて詩は閉じられる。

あるべき未来、あってほしくない未来を考えることは、消えていった過去の風景をかえりみることでもある。

オリンピックに向けての整備で消えてしまった「小さな遊園地」。農家の古家も柘榴の木も犬小屋もなべて消えた「更地」。小さな店が両側に並んでいた地下道は、土と緑がなくなって曲がりくねるだけの連絡通路（詩「辿りつけない」）になってしまった。

廃墟となった団地に立って、青山さんはつぶやく。

変わらずにあるものはなんだろう／変えてはならないものはなんだろう／廃墟の団地の誰もいない庭／春の光がうすく届く片隅に／すずらん水仙の白い花が／小さく小さくゆれていた

だが、つぶやき、悲しんでいるだけではなく、壊されてはならないものを守り、壊そうとする「人間の暗愚」と対峙して東奔西走する青山さんがいる。

あるときは官邸前の集会へ、高浜原発のある若狭へ、川内原発のある鹿児島へ、辺野古の基地ゲート前へ、餓死寸前で蜂起し、無残に殺された中国人たちの「無念」が泡立つ花岡鉱山跡へ…。

青山さんが、細い決して丈夫ではない体で活動し続けることが心配で、あんまり無理しないで、ときには休んで、とそんなことしか言えない私だが、その活動のなかから生まれてくる詩群は、決して居丈高ではなく、やわらかでやさしく、かつ哀しい。

たとえば「原発いりません」の紙を持って無言で立つ「新宿西口広場」。「六十を越えた私」は、ただ「広告塔の柱を背にそっと立つ」だけだ。「闇の向こうに小さな灯りを置きたい」ばかりに。

たとえば「佐田岬の村」。

伊方原発が再び動きだす「中央構造線に沿って四〇キロメートル／細長い岬の付け根の村」で、「おびただしい蔦の葉」に覆われた「小さな廃屋」に青山さんの目は留まる。「この小さな村にも／否応なしに訪れた戦争の悲しみが／影を落としたことだろう」に、今また「巨大なもの」にさらわれていく姿を、その廃屋に見てしまったのだ。

打ち棄てられ／むき出しに晒されていく姿を／蔦の葉がそっとつつみ込む／／石段の路地から眺める海は青く／夏の陽を照り返す波が／遠く小さく揺れていた

それでも、電車の中のかなぶんの死を、人間の未来と重ねずにはいられない詩人が、ふっとわたし達に向かって、ほのかな灯りをともしてくれるのは、冒頭の詩「待合室」。とっぷりと日が暮れるなか、「東北本線の古びた駅」の待合室。

待合室で／マフラーに顔をうずめて／少年は本を読んでいる／本のなかはどんな世界が／あるのだろう／／蛍光灯の映るガラス窓／その窓の外に／これから少年は／どんな世の中を／見ていくことになるのだろう

少年が熱心に読んでいるのが、スマホでも携帯電話でもなく本であることが救いだ。辺境からやがてすっくと立ちあがる少年を夢想させてくれる詩があることがうれしい。

あとがき

　この夏はサルスベリがいつまでも咲いていました。コロナ災厄のなかで人の集いが制限され、季節感のないまま、自分の内面と外側がアンバランスのまま時間が通過していきます。

　ふわふわと暗渠の蓋いの上を歩いている、歩かされているような――見えない足元の水路には何が流れているのか、どこへ続いているのか――心もとなさを感じます。

　白いマスク姿が溢れる街で、その異様さと息苦しさの「日常」に慣れることができない、そんな日々にこの詩集を編みました。ここ五年ほどの間に発表した作品に少し手を加えて収めました。詩誌「P」「つむぐ」「いのちの籠」などの皆様に励まされてここまで来られました。作品を読み返すと市民活動をともにした各地の人々の日焼けした笑顔が浮かんできます。遠方の友人たちはどうしているでしょう。つらい詩が多いような気もしますが、歴史と現実の暗闇を見つめてこそ、その向こうにいつか光が視えてくるのではないかと思うのです。

詩人石川逸子さんとルポライターの鎌田慧さんは、わたしに詩と生きる道筋を示してくださったお二人です。解説と帯文を頂きましたこと、励まされ深く感謝しております。出版にあたりご尽力いただいたコールサック社代表・鈴木比佐雄氏にお礼申し上げます。

二〇二〇年十月

青山　晴江

著者略歴

青山晴江（あおやま・はるえ）

1952 年　東京生まれ。葛飾区在住。
1980 年　日本文学学校・菅原克己の詩の組会に参加。
2006 年　『父と娘の詩画集――ひとときの風景――』刊行。
2016 年　詩集『ろうそくの方程式』刊行。

所属詩誌　「P」「つむぐ」「いのちの籠」
日本現代詩人会会員

現住所　〒 125-0054　東京都葛飾区高砂 3-7-10　川野方

石炭袋

青山晴江詩集『夏仕舞い』

2020 年 11 月 1 日初版発行
著　者　　　青山　晴江
編集・発行者　鈴木　比佐雄

発行所　株式会社 コールサック社
〒 173-0004　東京都板橋区板橋 2-63-4-209
電話 03-5944-3258　FAX 03-5944-3238
suzuki@coal-sack.com　http://www.coal-sack.com
郵便振替　00180-4-741802
印刷管理　（株）コールサック社　制作部

装画　福井静治　　　装幀　松本菜央

落丁本・乱丁本はお取り替えいたします。
ISBN978-4-86435-460-8　C1092　￥1500E